Thèse.

A mon Père, à ma Mère,

Amour, Reconnaissance.

A MES AMIS,

Souvenir.

ACTE PUBLIC

POUR LA LICENCE,

En exécution de l'art. 4, tit. 2, de la loi du 22 ventôse, an 12.

SOUTENU PAR

M. **Truaut** (Etienne-Emile),

Né à Lavardac (Lot-et-Garonne).

> Quand un peuple a de bonnes mœurs, les lois deviennent simples.
>
> — MONTESQUIEU.
> (*Esprit des Lois*).

JUS ROMANUM.

LIV. II, TIT. VI. — *De usucapionibus et longi temporis præscriptionibus.*

JURE naturali aut jure civili acquiruntur rerum dominia quæ sunt in nostro patrimonio; *jure naturali*, nempè : occupatione, accessione, fructuum perceptione et traditione. *Jure civili*, nempè : *usucapione*, donatione, hæreditate, etc., etc.

Postulabat utilitas publica ne dominia rerum diutiùs in incerto penderent, et ne tempore quocumque posset dominus possessorem rei suæ deturbare ; ideoque introductus est modus acquirendi per *usucapionem* quœ rectè definitur : *adjectio dominii per continuationem possessionis temporis à lege definiti.*

I. Ante Justiniani constitutionem, varii erant usucapionis effectus, prout res *mancipi* erant vel *nec mancipi*, à *domino* tradebantur vel *à non domino* ; 1° cùm res mancipi à domino tradita fuerat nec intervenerant *mancipatio* aut *cessio in jure*, necessaria erat nsucapio ad *dominium quiritarium* transferendum ; 2° cùm res à non domino tradita fuerat, sive esset mancipi vel nec mancipi, usucapione acquirebatur *dominium quiritarium*, modò concurerrent in accipientem *bona fides* et *justa causa.*

Poterant usucapi res mobiles ubicumque, et prædia *soli italici tantùm ;* et cùm prædia *soli provincialis* usucapionem non reciperent, quia *juri civili subjecta non erant* (ex Ruffat), introducta fuerat jure prætorio *præscriptio.*

Differebant usucapio et præscriptio ; 1° *origine :* usucapio ex lege duodecim tabularum, præscriptio ex jure prætorio oriebatur ; 2° *rebus :* usucapio locum habebat in rebus mobilibus ubicumque, et in prædiis soli italici ; præscriptio in rebus immobilibus soli provincialis tantùm ; 3° *tempore :* in usucapione circà res mobiles requirebatur anni spatium, circa immobiles biennium ; in præscriptione autem decennium inter præsentes, vicennium inter absentes requirebatur (1) ; 4° *effectu :* usucapio dominium plenum comparabat actionem et exceptionem simul tribuendo, dùm præscriptio exceptionem tantùm producebat.

II. Cùm Justinianus, constitutione suâ omnem differentiam sustulit inter res mancipi et nec mancipi, sublatum quoque inter usu-

---

(1) *Præsentes* dicuntur qui morantur in eâdem provinciâ, absentes qui in diversis. (L. 12, Cod. de Præscr. long. temp.).

capionem et præscriptionem discrimen, quas in unum acquirendi modum conflavit imperator.

Quinque requiruntur conditiones ut usucapio vel præscriptio contingat : *ut·res non sit vitiosa, bona fides, justus titulus, tempus à lege definitum, possessio civilis et continua.*

1° *Ut res non sit vitiosa.* Res vitiosæ sunt : 1° Res exemptæ ab hominum commercio, ut liber homo, res sacræ etc., etc. ; 2° *res furtivæ,* ut servus fugitivus qui sui ipsius furtum facit domino (ex lege attilia); 3° *res immobiles vi possessæ,* quarum usucapionem prohibuit lex *Julia et Plautia* ut, dùm fures difficiliùs emptorem invenirent, faciliùs abstinerent ab his delictis; 4° *res ad fiscum pertinentes.*

2° *Bona fides,* id est opinio sive conscientia ex quà quis se credit verum dominum *primo possessionis tempore;* non item est circà fructuum perceptionem, hujus differentiæ ratio facilè apparet.

3° *Justus titulus,* id est titulus idoneus ad transferendum dominium ut donatio, emptio, etc.

4° *Tempus à lege definitum,* id est triennium pro rebus mobilibus, et decenniun inter præsentes aut vicennium inter absentes, pro rebus immobilibus ; non computatur de momento ad momentum, sed dies ultimus inchoatus pro completo habetur.

5° Denique *possessio civilis et continua; civilis,* id est detentio rerum animo domini ; indè colligitur infantes, dementes et furiosos per se usucapere non posse, quia et si *naturaliter,* non tamen *animo domini* possident. Indè sequitur etiam fructuarium usucapere prohiberi quia naturaliter tantùm sed non civiliter possidet — possessio debet esse *continua,* id est non interrupta ; usurpatur autem possessio, *naturaliter* cùm possessor rei detentionoem amisit, *civiliter* per litis contestationem.

Inter varias personas conjungi possunt tempora possessionis verbi gratià inter defunctum et hæredem, inter venditorem et emptorem — quoties de hærede agitur, solius defuncti ratio habetur. Itaque possessio quæ prodesse cæperat defuncto, et hæredi continuatur, licet hæres sciat fundum esse alienum, si econtrà defunctus initium justum non habuerit, hæredi licet ignoranti possessio non prodest. — Secùs est inter venditorem et emptorem, equidem inter eos junguntur tempora, sed requiritur ut uterque bonam fidem habuerit initio suæ possessionis (L. 13, § 1, ff.). Ratio discriminis est quòd defunctus et hæres censeantur una et eadem persona, quod dici non potest de venditore et emptore.

Deniquè ignota ferè mansit usucapio prædicta, post introductam præscriptionem triginta annorum, in quâ nec bona fides exigitur, nec justus titulus, nec res sine vitio (Ruffat).

<hr>

CODE CIVIL.

Liv. 1er, Tit. iii. — *Du Domicile.*

On distingue en France deux sortes de domicile; le domicile politique et le domicile civil. Le Code ne s'occupe que du domicile civil. C'est le lieu où une personne qui jouit de ses droits civils, a son principal établissement, le plus souvent sa demeure, le centre de ses affaires, le siège de sa fortune — ses effets se bornent à déterminer quel est le juge naturel de la personne, quel est le lieu d'ouverture d'une succession, quel est le lieu où une personne doit se marier. — L'homme ne peut avoir qu'un seul domicile *réel*, car il ne peut en même temps placer en deux endroits le siège principal de sa fortune et des ses affaires. D'ailleurs cette unité de domicile est positivement établie par l'art. 102.—Mais il arrive souvent que l'homme qui contracte, élise un domicile pour l'exécution du contrat, et alors on peut avoir autant de domiciles *élus*, qu'on a souscrit d'actes différens. — Le domicile est le siège de la vie de relation; le mineur non émancipé, le majeur interdit, la femme mariée, que la

loi ne devait faire participer à cette vie de relation que par l'intermédiaire d'un tuteur, d'un curateur, ou d'un époux, ne pouvaient
avoir d'autre domicile que celui des personnes chargées de les représenter. — L'homme peut changer son dimicile et prendre celui qui
lui convient; ce changement s'opère par le fait d'une habitation réelle
dans un autre lieu, joint à l'intention d'y fixer son principal établissement. Cette intention est expresse ou présumée. *Expresse*, elle résulte
d'une déclaration faite tant à la municipalité du lieu qu'on quitte qu'à
celle du lieu où l'on a transféré son domicile. *Présumée*, lorsqu'on
accepte des fonctions conférées à vie, lorsqu'un majeur quitte son
domicile pour servir ou travailler habituellement chez une autre
personne, pourvu qu'elle demeure avec elle dans la même maison.

T_{IT}. II. — *Des absens.*

Dans tous les instans de sa vie, la loi veille sur l'homme pour
le protéger; est-il privé de la raison ou ne l'a-t-il encore que peu
développée, il est pourvu d'un curateur ou d'un tuteur; est-il absent,
la loi fait administrer ses biens, et ce n'est que lorsqu'elle a acquis
la presque certitude de sa mort, qu'elle les distribue à ceux qui
auraient été appelés par la volonté de l'absent ou par la loi
elle-même.

Dans le langage ordinaire on comprend sous une même signification les mots *absent* et *non présent*, ou plutôt on ne les distingue
pas. Dans le langage du droit on appelle *absent*, tout individu qui
a quitté son domicile ou sa résidence, dont on n'a pas des nouvelles
et dont on ignore le sort; (Thibaudeau); *non présent*, celui qui ne
laissant aucune incertitude sur son existence ne se trouve pas au
lieu où se traite l'affaire dont il s'agit (Talandier.) Les dispositions
du titre IV ne s'appliquent qu'à *l'absent*, nous suivrons l'ordre tracé
par le législateur.

CHAPITRE PREMIER.

Présomption d'absence.

Il y a présomption d'absence lorsqu'un individu éloigné de son domicile, continue à ne pas donner de ses nouvelles, lorsque le temps fixé pour son retour s'est écoulé, lorsqu'il est arrivé quelque événement malheureux dans lequel on puisse craindre qu'il ait été enveloppé. Dans une pareille circonstance, ses biens pourraient rester sans culture, sa maison, ses meubles dépérir, ses créances s'éteindre, etc., etc. Alors le tribunal doit statuer sur l'administration de ses biens, d'après la demande des parties intéressées ; et sur ce point le code a laissé aux juges une latitude indéfinie. Mais quelle que soit la mesure qu'ils adoptent, il faut qu'il y ait nécessité de l'ordonner. Il est un cas où la loi ordonne une mesure toute spéciale, lorsqu'il s'agit d'inventaires, de comptes, de partages et liquidations, dans lesquels le présumé absent est intéressé, le tribunal doit nommer un notaire chargé de le représenter. — Les parties intéressées dont parle l'art. 112 sont les créanciers, les associés, en un mot les tiers qui ont un intérêt né et actuel à provoquer la mesure sur laquelle ils veulent faire prononcer. — Le ministère public doit former lui-même les demandes qu'il juge convenables pour les intérêts de l'absent, et d'un autre côté, appuyer ou contredire les demandes formées par les tiers intéressés.

CHAPITRE II.

Déclaration d'absence.

Pour que la déclaration d'absence puisse être provoquée contre un citoyen, il faut : éloignement du domicile et de la résidence, défaut de nouvelles, 4 années écoulées depuis son éloignement ou sa disparition, s'il n'a pas laissé de procuration; et dix années s'il a laissé procuration, quand bien même la procuration viendrait à cesser avant l'expiration des 10 années. — La demande en déclaration doit être faite par les *parties intéressées*, ce sont les héritiers présomptifs et en général tous ceux qui ont sur les biens de l'absent des droits subordonnés à l'existence de son décès. — Sur la requête des parties intéressées le tribunal ordonne qu'il sera fait contradictoirement avec le procureur du roi une enquête dans l'arrondissement du domicile, et dans celui de la résidence, s'ils sont distincts ; un an après le jugement d'enquête, il prononcera, s'il y a lieu, le jugement de *déclaration d'absence*. Le procureur du roi doit envoyer aussitôt qu'ils sont rendus, le jugement d'enquête et de déclaration au ministre de la justice qui les rend publics par l'insertion au *Moniteur*.

CHAPITRE III.

Effets de l'absence.

Lorsqu'un individu a disparu de son domicile, il s'élève deux présomptions contraires : l'une, de sa mort par le défaut de nouvelles ; l'autre, de sa vie par le cours ordinaire de la nature, et la loi ne le considère ni mort ni vivant, c'est à ceux qui ont intérêt qu'il soit mort ou vivant à prouver sa mort ou sa vie. Les effets de l'absence peuvent être considérés par rapport aux biens présens de l'absent, par rapport aux droits éventuels, et par rapport à son mariage.

I. *Par rapport aux biens présens.* Dès que l'absence est déclarée, les juges prononcent en faveur des héritiers de l'absent l'envoi en possession de ses biens, cet envoi est provisoire ou définitif.

Envoi en possession provisoire. Le jugement de déclaration a été publié, et l'absent n'a pas donné de ses nouvelles, alors le tribunal prononce l'envoi en possession provisoire de ses biens, en faveur des parties intéressées , et ici comme dans le jugement de déclaration, ce sont les héritiers présomptifs au jour de la disparition ou des dernières nouvelles. Il est juste de les autoriser à veiller à la conservation d'une fortune à laquelle ils ont des droits légitimes quoiqu'éventuels. Cet envoi en possession provisoire sur les biens que possédait l'absent au jour de sa disparition, ou de ses dernières nouvelles, ne doit être accordé qu'aux conditions suivantes : Les requérans doivent donner caution pour sûreté de leur administration, rendre compte en cas que l'absent reparaisse ou qu'on ait de ses nouvelles, faire procéder à l'inventaire du mobilier et des titres de l'absent en présence du procureur du roi ou d'un juge de paix par lui requis. — Les héritiers doivent administrer sagement les biens de l'absent, comme le tuteur ils ne peuvent aliéner ni hypothéquer les immeubles que pour cause de nécessité et en vertu d'un jugement. — Pour leur sûreté, ils peuvent faire constater l'état des immeubles par un expert que nomme le tribunal ; s'ils ne le font pas, ils sont censés avoir reçu l'immeuble en bon état. — Si l'absent reparaît avant quinze ans révolus depuis le jour de sa disparition, on ne lui doit compte que du cinquième du revenu net de ses biens, du dixième s'il ne reparaît qu'après quinze ans ; après 30 ans d'absence on ne lui doit compte que du capital. — L'époux commun en biens, peut empêcher l'envoi provisoire, en optant pour la continuation de la communauté ; l'art. 124 trace les règles à ce sujet. — La possession provisoire cesse par le retour de l'absent, par les nouvelles qu'on reçoit sur son existence, par la preuve de son décès, enfin par l'envoi en possession définitive.

Envoi en possession définitive. — Lorsqu'il s'est écoulé 30 ans depuis l'envoi en possession provisoire, et 100 ans depuis la naissance de l'absent, les cautions sont déchargées, les ayant-droit tels que légataires, donataires, peuvent demander le partage des biens de l'absent et faire prononcer l'envoi en possession définitive. L'effet de cet envoi est de transférer aux héritiers la propriété des biens de l'absent, mais résoluble sous la condition de son retour, ou de celui de ses enfans; ils peuvent partager les biens, les hypothéquer, les aliéner comme tout autre bien qui leur serait provenu d'une succession ouverte par décès. — Mais si l'absent reparaît, à quelque époque que ce soit, ou bien si ne reparaissant pas, il a laissé des enfans ou descendans directs qui se présentent dans les 30 ans à compter de l'envoi définitif, les héritiers doivent restituer les biens dans l'état où ils se trouvent lors de l'apparition de l'absent ou de ses descendans. — Lorsque le décès de l'absent est prouvé, la succession est ouverte du jour de ce décès au profit des héritiers les plus proches à cette époque, et ceux qui auront joui des biens de l'absent, soit comme envoyés possessoires, soit comme envoyés définitifs, seront tenus de les restituer.

II. *Par rapport aux droits éventuels.* — Celui qui forme une demande doit la prouver; l'absent n'est présumé ni mort, ni vivant. Il résulte de ces deux principes combinés : 1° que ceux qui prétendent exercer un droit auquel la mort de l'absent peut seule donner ouverture, sont obligés de prouver son décès; 2° que ceux qui prétendent exercer un droit qui suppose la vie de l'absent, sont obligés de prouver son existence. — S'il s'ouvre une succession à laquelle soit appelé un individu déclaré ou présumé absent, elle est exclusivement dévolue à ceux avec lesquels il aurait eu le droit de concourir, ou qui l'auraient recueillie à son défaut, à moins que son existence ne soit reconnue par eux; car alors il serait représenté par un notaire. — Si la loi réserve à l'absent pendant 30 ans la pétition d'hérédité, elle veut aussi que tant qu'il ne se présentera pas ou que les actions ne seront pas exercées de son chef, les héritiers présens qui ont recueilli la succession, gagnent les fruits par eux perçus de bonne foi.

III. *Par rapport au mariage.* — La présomption qui résulte de l'âge le plus avancé, fût-il de 100 ans, ne suffit pas pour dissoudre le mariage, et si, nonobstant la prohibition de l'art 147, l'époux présent avait contracté un second mariage, soit par fraude, soit par erreur, l'incertitude sur la vie de l'absent doit empêcher de troubler inconsidérément le second mariage, aussi la loi veut que l'époux absent soit seul recevable à attaquer ce mariage par lui-même ou par son fondé de pouvoir spécial, *munis de la preuve de son existence.* Enfin, un dernier effet de l'absence relativement au mariage, est de donner à l'époux présent le droit de demander l'envoi en possession provisoire des biens de l'absent de préférence aux héritiers, et l'envoi définitif au défaut de parens habiles à succéder.

Le code termine par quelques dispositions sur la surveillance des enfans mineurs de l'absent (V, art. 141, 142, 143).

La législation sur les militaires absens se trouve tracée dans plusieurs decrets, lois et ordonnances; un arrêté du gouvernement, 6 messidor an X, trace les règles sur l'absence des employés du trésor.

<hr>

CODE DE PROCÉDURE.

Liv. 2, Tit. 2. — *Du Faux incident civil.*

Le faux est tout ce qui est opposé à la vérité; il se commet par des paroles, par des faits ou par des écrits. Le code de procédure ne s'occupe que du faux par écrit; considéré par rapport à sa nature, il est *matériel*, lorsqu'il résulte d'une opération physique quelconque, soit en fabricant un acte par contrefaction, soit en le falsifiant au moyen d'additions, de changemens ou de suppressions de lettres: *intellectuel*, lorsque sans contrefaction ni altération de la pièce, on dénature la substance de l'acte en ce que l'écrit contient le contraire de ce qu'il devait contenir. — Considéré par rapport à son mode de poursuite, le faux se divise en *faux incident* et *faux principal*. Le faux principal est le motif unique de l'action, il se poursuit en justice criminelle par action publique ou en même temps par action civile. Le faux incident résulte d'un acte produit à l'appui d'une action ou d'une exception soit au civil, soit au criminel. Le code d'instruction criminelle trace les règles relatives au faux principal, le faux incident trouve les siennes dans le code de procédure.

La procédure sur le faux incident se rapporte à cinq objets principaux: déclaration d'inscription, remise et communication des pièces, débats des moyens de faux, leur admission ou leur rejet, et preuves de ces moyens, plaidoiries définitives et jugemens.

I. *Déclaration d'inscription.* — Lorsqu'une pièce est produite à l'audience, la partie à qui on l'oppose peut l'arguer de faux, elle fait sommer son adversaire de déclarer dans les huit jours de la sommation s'il veut ou non faire usage de la pièce; ici il peut arriver trois cas : ou le défendeur ne fait pas de déclaration, ou il déclare qu'il ne veut pas se servir de la pièce (217), ou il déclare qu'il veut s'en servir (218).

II. *Remise et communication des pièces.* — Un jugement a admis l'inscription et nommé le commissaire. Dans les trois jours de la signification, le défendeur doit remettre la pièce au greffe, *quid* s'il ne le fait pas ? 220. — Quelquefois la pièce arguée de faux est une expédition, dans ce cas le juge-commissaire peut ordonner l'apport au greffe de la minute sur la requête du *demandeur* ou du *défendeur*; car son examen peut être également utile pour prouver la vérité ou la fausseté de la pièce arguée. Les art. 222, 223, 224 tracent les règles relatives à l'apport de la minute. — La pièce est remise au greffe, l'acte en est signifié à l'avoué du demandeur; trois jours après cette signification il est dressé un procès-verbal de l'état de la pièce en présence du demandeur (226, 227.) Le procès-verbal a été dressé, il s'agit de connaître les moyens du demandeur, mais il peut avoir besoin d'examiner avec attention les pièces arguées, il peut en prendre communication.

III. *Débats des moyens de faux.* — Il ne suffit pas de prétendre qu'une pièce est fausse, il faut encore articuler des faits, rapporter des circonstances qui rendent vraisemblable le fait allégué. Aussi, huit jours après le dressé du procès-verbal, le demandeur est-il tenu de signifier au défendeur ses moyens de faux; s'il ne le fait pas, le défendeur pourra requérir qu'il soit déchu de son inscription; huit jours après la signification des moyens de faux, le défendeur doit y répondre par écrit; trois jours après les réponses faites on poursuit l'audience, les plaidoiries sont entendues et le tribunal admet ou rejette les moyens de faux.

IV. *Preuve des moyens de faux.* — Ceux qui seront admis devront être articulés avec précision dans le jugement qui permettra d'en faire la preuve; ils devront être prouvés tant par titres que par témoins, et les pièces arguées de faux seront vérifiées par des experts. Règles relatives à la preuve par témoins, art. 234, 235. — Preuve par expert, 236 et 237.

V. *Plaidoiries définitives et jugement.* — Quand l'instruction sur le faux est achevée, que l'avis des experts, le procès-verbal d'enquête et autres pièces probantes ont été communiquées au ministère public, il reste à poursuivre l'audience par un simple avenir. S'il résulte des aveux faits, des titres produits, etc., etc., non des preuves évidentes, mais seulement des indices de faux, si les auteurs ou complices sont vivans, il est sursis à statuer sur le civil, et il y a lieu à l'application de l'art. 462, Cod. d'instruction criminelle, qui a modifié le 239, Cod. de procédure. — Lorsque la pièce arguée est jugée fausse par le tribunal, il peut en ordonner la suppression, radiation, réformation, etc. Mais comme chacune de ces mesures peut anéantir ou dénaturer la pièce, il sera sursis à ce chef du jugement, tant que la partie sera dans les délais de se pourvoir, à moins qu'elle n'ait acquiescé à ce jugement. Le jugement qui statue sur l'incident ordonnera la remise des pièces qui ont servi à son instruction, et de celles qui prétendues fausses ont été déclarées vraies. Les art. 244, 245, tracent les règles relatives aux droits et devoirs des greffiers en cette matière. — Le demandeur qui succombe est condamné à une amende. Les art. 246, 247, 248 en règlent la quotité et les cas où elle est encourue.

En général on peut transiger sur tous les droits que l'on exerce et que l'on peut exercer seul, mais comme dans la matière de faux, l'intérêt public qui réclame la répression des délits, se mêle toujours à l'intérêt privé qui ne tend qu'à des réparations pécuniaires, la loi a voulu que les transactions sur le faux fussent soumises à l'homologation de la justice et communiquées au ministère public; elle a même voulu que le jugement qui admet l'inscription de faux, celui qui ordonne la preuve des moyens articulés par le demandeur, celui enfin qui statue définitivement sur les pièces arguées, fussent rendus sur les conclusions du ministère public (251.)

Enfin, il est à remarquer que lorsque le faux est patent de manière à être reconnu à la seule inspection de la pièce, elle peut être déclarée fausse sans l'intervention d'une procédure de faux incident (cour cass.)

CODE DE COMMERCE.

Liv. 1, Tit. 1. — *Des Commerçans et des actes de commerce.*

La terre est féconde pour tous, mais ses produits sont aussi variés que le sol et le climat qui les font naître; de plus, l'industrie, cette seconde nature, est nulle dans certaines contrées, au berceau dans d'autres, en progrès dans d'autres aussi. Cette inégalité de produits naturels ou industriels, fait naître entre tous les peuples et tous les individus, un besoin de relations mutuelles, une nécessité d'échanges et de négociations; ces échanges, ces négociations, c'est le commerce. Dans un sens plus restreint on le définit : *Tout trafic ou négoce d'ar-*

gent ou *de marchandises en gros ou en détail.* On nomme commerçant (et cette expression générique comprend les négocians, marchands, fabricans, banquiers, etc.), tous ceux qui exercent des actes de commerce et en font leur profession habituelle. Un seul acte de commerce, plusieurs même isolés, quoique soumis à la juridiction des tribunaux de commerce, ne confèrent pas la qualité de commerçant, comme aussi on peut être commerçant sans faire habituellement des actes de commerce, par exemple en publiant des affiches, exposant une enseigne, payant patente, etc.

Actes de Commerce.

I. *Actes commerciaux par leur nature.* — 1° les achats de denrées et marchandises pour les revendre, soit en nature, soit après les avoir travaillées et mises en œuvre, ou même pour en louer simplement l'usage. Les choses mobilières sont seules l'objet de transactions commerciales, pourvu cependant qu'elles soient relatives au commerce ;—2° les entreprises de manufactures ;—3° les entreprises de commission pour achat et pour vente de marchandises, pour recouvremens ou négociations d'effets commerciaux ; — 4° les entreprises de transport par terre ou par eau, de personnes, marchandises, etc.; — 5° entreprises de fournitures pour des particuliers, ou pour des établissemens commerciaux, ou pour le gouvernement, pourvu que les objets fournis ne soient pas des denrées recueillies par l'entrepreneur sur ces domaines ; — 6° agences et bureaux d'affaires, ventes à l'encan, entreprises de spectacle, opérations de banque, decourtage, banques publiques, lettres de change.

II. *Actes commerciaux par la qualité des contractans.* — 1° les obligations entre négocians, marchands et banquiers, il suffit qu'un seul des contractans soit commerçant. — 2° les billets faits par les receveurs, payeurs et autres comptables des deniers publics, les billets souscrits par un commerçant sont censés faits pour son commerce, ceux des comptables pour leur gestion, à moins qu'une autre cause n'ait été énoncée dans les engagemens.

Capacité pour faire le Commerce.

Nous avons dit que le commerce avait pour élément indispensable les négociations, les *contrats* qui se formaient de peuple à peuple, d'individu à individu, de là résulte la double conséquence, que pour faire le commerce il faut pouvoir s'obliger, et que toute personne capable de s'obliger peut faire le commerce; notre Code a apporté deux modifications importantes à ce principe : d'un côté, il a interdit la faculté de faire le commerce à des personnes généralement capables de s'obliger; d'un autre côté, il a accordé cette même faculté à des individus que la loi civile déclare incapables de contracter une obligation valable.

I. *Personnes à qui le commerce est interdit.* — Les magistrats, les ecclésiastiques, les avocats, les officiers, les administrateurs, agens diplomatiques et commerciaux; les préfets, sous-préfets, agens de change, courtiers, etc., etc. — Les engagemens contractés nonobstant ces prohibitions ne seraient pas nuls, sauf aux autorités compétentes à provoquer l'application des peines portées par la loi.

II. *Personnes déclarées capables par une faveur spéciale.* — Ce sont les mineurs et les femmes mariées. — Le mineur peut faire le commerce après avoir rempli les conditions suivantes : 1° être émancipé, 2° âgé de 18 ans, 3° autorisé par son père, à défaut par sa mère, à défaut des deux, l'autorisation doit être donnée par le conseil de famille, homologuée par le tribunal, et affichée au tribunal de commerce du lieu où le mineur veut établir son domicile. Toutes ces conditions remplies, le mineur peut faire des actes d'administration, hypothéquer ses immeubles, les aliéner en remplissant certaines formalités. — Il est réputé majeur pour tous les faits relatifs à son commerce.

La femme soit commune, soit séparée de biens, ne peut être

marchande publique sans l'autorisation expresse ou tacite de son mari. Elle n'est réputée commerçante que tout autant qu'elle fait un commerce distinct et séparé de celui de son mari; elle peut contracter tous les engagemens relatifs à son commerce sans l'autorisation de son mari , hypothéquer, aliéner même ses immeubles, mais lorsqu'elle est mariée sous le régime dotal cette faculté se restreint aux immeubles paraphernaux; lorsqu'elle est mariée sous le régime de la communauté , les engagemens qu'elle contracte obligent solidairement le mari.

Cette thèse sera soutenue le 3 août 1835 , à 10 heures du matin.

Vu par le Président de la Thèse ,
FERRADOU.

Toulouse. — Imprimerie de Marie ESCUDIER, rue St-Rome , n° 26.